꽃의 작별 인사

고산 시인들의 두 번째 작품집

고산 시인들의
두 번째 작품집

꽃의 작별
인사

한그루

꿈꾸는
푸른 하늘
서른다섯

『그 어떤 길을 가더라도』에 이어 두 번째 학생 시집『꽃의 작별 인사』를 펴냅니다.

작년에 이어 올해도 코로나19 때문에 힘든 한 해였습니다. 그러나 우리 아이들은 단 한 명도 낙오되지 않고 모두 이『꽃의 작별 인사』속으로 들어왔습니다.

코로나19, 마스크, 가족, 친구, 나무, 집, 꽃, 구름, 바다, 고양이, 시험, 공부……. 이런 것들이 순수한 눈동자에 비친 그대로 글을 썼습니다. 아이들의 시를 읽다 보면, 순수한 정신세계가 시집 속에 펼쳐진 것을 볼 수 있습니다. 시집을 보기만 해도 푸른 하늘을 품에 안고 꿈꾸는 우리 아이들을 느낄 수 있습니다.

『꽃의 작별 인사』에서 우리 아이들은 코로나19와도 싸

우고, 지구 온난화도 걱정하고, 별을 노래하기도 합니다. 그리고 시험은 힘들다고, 가족은 소중하다고, 나를 미워하지 말라고, 친구를 사랑한다고, 누군가가 가슴 속 저 깊은 곳에서부터 그립다고 합니다.

2021학년도, 우리 아이들 모두의 마음을 담아낸 시집 『꽃의 작별 인사』의 발간을, 고산중학교 배움공동체와 함께 기쁜 마음을 담아 축하합니다.

정말 우리 아이들이 사랑스럽고 자랑스럽습니다.

2021. 12.
고산중학교장 **김순찬**

차례

김지윤

{ 2학년, 나도 시인 }

감정 / 계단 / 곰 인형

내 꿈은 안 보여도 미래는 밝다

내 동생 / 눈사람 / 물꽃놀이 / 수학

수행평가 / 연필 / 5등급 / 친구

파도 / 학교 가는 길

감정

감정은 붓
마음은 도화지가 된 듯이

기분이 좋으면
노란색으로

우울하면
파란색으로

화가 나면
빨간색으로

감정이 마음을 칠한다.

내 마음은 감정으로 덮인다.
내 마음은 감정

— 나도 시인

계단

같은 계단을 가도
내가 한 계단 가면
친구는 세 계단, 네 계단씩

아무리 쫓아가도
컴퍼스 같은 다리로 성큼성큼

언제 친구들보다 앞서갈지
언제 저 푸른 하늘 같은
높은 곳에 도착할지

위 계단이 더 가면 된다며
앞으로 보낸다.
아래 계단이
조금만 쉬다 가도 된다며
발을 붙잡는다.

오늘도 방황해 버렸다.

곰 인형

피부가 하얗고
몸이 작은
너

잠이 안 올 때
잘 자라고 안아주는
너

햇빛에 말려
침대처럼 포근해진
너

매일을 함께한
우리 집 곰 인형

　　　　　　　　　　　　　　　　　　— 나도 시인

내 꿈은 안 보여도 미래는 밝다

어른들의 질문은 같다.
네 꿈이 뭐야?

없다 하면
어른들은 꿈이 있어야 하고
없는 게 이상한 거처럼
말로 숨 막히게 한다.

내 꿈은
하얀 안개처럼
밝지만 안 보인다.

꿈이 안 보인다고
굳이 찾아 헤매고 싶지 않다.

내 꿈은 하얀 안개
꿈은 안 보여도
미래는 밝은 내 꿈

김지윤 —

내 동생

물에 사는
초록 식물
내 동생

푸른 방울
같은 내 동생

상처가 나서
며칠째
아픈 내 동생

놀다 보면
어느새 낫는
내 동생

내 속도 모르고
기분 좋다고
물 위에 뜨는
내 동생

마리모는 내 동생

14

눈사람

나는 어른처럼 큰 눈사람

눈, 코, 입도 없는
하얀 눈사람

신기하다며
나를 찍는 커플들

작은 돌들로
눈, 코, 입을
만들어주는 학생들

감기 걸린다고
목도리를 둘러주는
아이

내일이 오면
녹아 사라질지도
모르는데
사랑을 주는 사람들
사랑받는 눈사람

나는 눈사람

김지윤 —

불꽃놀이

빨, 주, 노, 초
예쁜 불꽃이
타닥타닥
내게로 온다.

문득 과학이 생각났다.

빨간 불꽃은 리튬
주황 불꽃은 칼슘
노란 불꽃은 나트륨
초록 불꽃은 구리

어느새
과학 놀이가
끝났다

16

— 나도 시인

수학

정해진
답을 구하는
수학이 싫다.

여러 숫자가
더해졌다
빼지는
수학이 싫다.

문제집에
빨간 비가
주룩주룩 내린다.

애들은
끝났다고
웅성웅성 거린다.

문제집을 덮으려 하면
숫자들이
나를 달랜다.

수행평가

수행평가 보는 날
심장 소리가
귀에 맴돌 듯이
긴장감이 든다.

문제집에
해가 뜨자
자신감이 흘러넘친다.

시험지가
말을 걸듯이
재촉하자

수행평가가 인생처럼 느껴지자
손발이 떨리면서
문제를 풀어나갔다.

쉬는 시간
시험지에
빨간 비가
내렸다.

망했다.

       — 나도 시인

연필

얇고 뻣뻣한 심으로
삭 삭
쓰는 샤프보다

두껍고 부드러운 심으로
사각사각
쓰는 연필이 좋더라.

뚝뚝
끊기는
샤프보다

쓸수록
둥글둥글해지는
연필이 좋더라.

같은 색으로
글을 써도 연필이 좋더라.

5등급

잘하지도
못하지도 않는
나는 어중간한 5등급이다.

잘하는 애들
사이에서는
못하는 애가 되고

못하는 애들
사이에서는
잘하는 애가 된다.

1등급처럼 잘할 자신은 없고,
9등급처럼 못할 자신도 없다.

시험지에도
잘하는 애는 빨간 동그라미
못하는 애는 빨간 가위표
어중간한 애는 빨간 세모로
채점될 것 같다.

나는 5등급이다.

— 나도 시인

친구

그림 잘 그리고
둥그렇게 생긴
착한 내 친구

안경 쓴 것도
공부 좀 못하는 것도
나랑 같은 내 친구

빨간 가방을 메고
나랑 같이 하교하는
내 친구

너는 나처럼
나는 너처럼
서로 흉내 내는
우리

너는 나
나는 너

김지윤 —

파도

고여있던 눈물이
흘러가는 강물처럼
계속 흐른다.

주룩주룩
흘리는 눈물

오래 묵혀놨던
힘든 감정들이
파도에 쓸려간 것 같다.

찰랑찰랑 치던
내 파도는 잠잠해졌다.

— 나도 시인

학교 가는 길

일어나서
밥 먹을 때
약간의 긴장감이
느껴져

학교가 보이는 길
웅덩이가 바다처럼 크게 보이고
개구리 소리가
학교 시작종처럼 크게 들려

아, 아, 금요일이 보고 싶다.

부민정

{ 2학년, 나도 시인 }

강아지

내 껌딱지 우리 강아지
하얗고 고운 털을 뽐내는
우리 강아지

내가 학교 갈 때는
잘 다녀오라고 해주고
내가 집에 들어올 때는
나를 기다렸다는 듯
반갑다며 꼬리를 살랑거리는
우리 집 강아지

가끔 말을 안 들을 때도 있지만
늘 내 곁에 있어주는
소중한 나의 친구

— 나도 시인

거울

거울 속을 들여다보다 찾은
누구냐 너는?

검은 눈동자,
노란빛 피부,
갈색빛 머리카락

저건 나잖아?

마침 잘 됐다.
네가 나 대신 숙제 좀 해줄래?

그러자 거울이
쨍그랑
하고 깨졌다.

아아, 미안해
너도 숙제는 싫었나보구나.

권태기

나는 당신이 좋아요.
좋았어요.
당신도 처음에는 나를 사랑 했잖아요.
별도 따준다면서요.

내가 원하던 별은
이별이 아니에요.

요즘 당신이 나를 싫어하나 봐요.
내 마음에서 우는 소리가 나요.

나도 힘들어요.
사람들이 이별하래요.
근데 내가 아는 권태기는
자금 헤어지는 게 아니라
이럴수록 더더욱 사랑하는 거예요.

그러니 나는 당신을 더 사랑할 겁니다.
기다릴게요.
당신의 마음이 돌아올 때까지

— 나도 시인

눈

눈은 대단해
다들 첫눈이 올 때 고백하면
로맨틱하다고 하니까

눈은 대단해
많은 사람을
행복하게 해주니까

눈은 좋겠다
하얗고 예쁘니까

눈은 부러워

눈사람도 될 수 있고
눈싸움도 할 수 있고
이글루도 될 수 있으니까

나도 눈같이 멋진 사람이 되고 싶다.

부민정 —

다음 생에는

다음 생에는

돌이 되어서
너를 옆에서 바라보고 싶다.

새가 되어서
너와 여행을 가고 싶다.

옷이 되어서
너를 따뜻하게 안아주고 싶다.

그리고
사람이 되어서
닦아주고 싶다.
너의 뜨거운 눈물을

— 나도 시인

벌써

벌써 11월이라니
내가 기어가고 있으면
시간은 뛰어가는 것 같아

난 지금까지
무엇을 했는가.

영화처럼 지나가는
길고 가늘었던 내 추억들

내년에는 2학년인데
지금처럼 허무하게 보내지 말고
의미 있게 보내야지
아자!

보고 싶은 그 사람

보고 싶어요.
보고 싶어요.
당신이 보고 싶어요.

당신이 꼭 만날 거라고 했잖아요.
매일 당신을 기다리고 있어요.

그리워요.
그리워요.
당신이 그리워요.

당신의 포근한 품에
다시 안기고 싶어요.

기다릴게요.
기다릴게요.
당신을 기다릴게요.

한 사람만 바라보는 해바라기처럼
목이 빠질 때까지
기다릴게요.

— 나도 시인

붕어빵

이제 곧 겨울이에요.
겨울 하니까
붕어빵이 생각나네요.

당신이 겨울만 되면
자주 사주던
붕어빵

뜨거워서
호호 불어 먹던 그 붕어빵이
이번에도 달달한 냄새로
나를 유혹하고 있네요

아아,
한 번 더
당신이 사준 붕어빵이 먹고 싶습니다.

기다릴게요.
당신이 저에게
붕어빵을 사줄 때까지

부민정 —

비눗방울

빛처럼 찬란한 비눗방울아
너는 왜 그렇게
잘 터지니

나는 비눗방울이 좋은데
비눗방울은 내가 싫은가 보다.

비눗방울아
내가 마법사가 되어
너를 튼튼하게 만들어 줄 테니
나와 손잡고 놀자.

약속한 거다.

— 나도 시인

사계절

봄은 따뜻하고 행복한 설렘이래요,
그럼 이번에는
친구랑 벚꽃 보러 가야지.

여름은 붉고 붉은 열정이래요.
그럼 이번에는
열심히 공부해야지

가을은 선선하디선선한 즐거움이래요.
그럼 이번에는
즐겁게 지내야지

겨울은 차갑고 추운 슬픔이래요,
나 힘들어, 도와줘
나는 늘 힘들었어.

좋았던 많은 날보다
속상했던 날 하나만 생각해서
나는 또
행복하지 않은 사람이 되어 버렸나 봐요.

색연필 같은 우리

색연필은 색깔이 다양하지
마치 무지개처럼

다양한 색깔들이
삼삼오오 모여
더욱 빛을 내는 거야

나는 이렇게 생각해

무지개는 예쁘지만
서로가 맞지 않아
금방 없어지는 것이고
색연필은 무지개보다 예쁘지는 않지만
서로가 잘 맞아서 지워지지 않는 것처럼 보이기 때문이거든

그래서 나는 무지개도 좋지만
무지개보다 색연필 같은 우정을 만들고 싶어.

— 나도 시인

솜사탕

솜사탕은
참 귀여운 것 같아.

맛있는 냄새가 나서
내 기분도 녹아내리게 만들고
구름처럼
몽실몽실하니까.

솜사탕이
나랑 늘 같이 있었으면
좋겠다.

솜사탕을 보면
늘 기분이 좋을 테니까.

부민정 —   37

앨범

아무것도 하기 싫을 때
아무 생각도 나지 않을 때
옛날 옛적의 앨범 꺼내 본다.

2008년 2월 27일
내가 태어났던 날
가족들이 하하 호호 웃고 있다

2011년 12월 25일
어린이집 원장선생님이 산타로 분장해 우리 집에 왔다.
아 맞아, 그때 그랬었지

2017년 OO월 OO일
날짜가 안 적혀있네.
날짜를 찾다 못해 사진을 보니
어?
우리 할아버지와 찍은 가족사진이다.

맞아 그때 내가 무척 신났었지
지금 생각해보니 우리 할아버지가 저렇게 젊으셨나?

— 나도 시인

더 잘해드릴 걸
다음 생에는 더 좋은 손녀가 될게요.
보고 싶어요 할아버지
오늘따라 할아버지가 더더욱 보고 싶어요.

우유

나도 우유처럼 마법을 부리고 싶다.
왜냐고?
우유는 여러 가지로 변신이 가능하거든.

주황빛을 띤 치즈로 변신해
우리에게 오고,

새하얀 요거트로 변신해
우리에게 오고,

누런 요구르트로 변신해
우리에게 오지.

나도 우유처럼 예쁘게 변신해
너의 앞에 '짠' 하고 나타나고 싶다.

— 나도 시인

잔소리

학교가 끝나고 집에 왔다.
오자마자 엄마가 말하는 소리
"또 가방 던지지 말고 잘 놔라."

매일 쫑알쫑알
매일 같은 말
이제는 지겹지도 않나?

다음날 학교를 마치고 집에 왔다.
조용했다.
웬일이지?

늘 듣던 잔소리
늘 밥 먹듯이 듣던 잔소리를 안 들으니
오늘따라 더 듣고 싶다.
엄마의 잔소리

부민정 —

조명

화려한 조명이
나를 감싸네.

어두우면
나를 비추어
밝게 만들어주는
고마운 존재

어두운 밤에
노란 달과 별처럼

나의 마음 구석에 있는
어두운 공간을
밝게 비추어다오.

임소율

{ 1학년, 나도 시인 }

강 / 구름 / 그저 그런 아름다운
날개 / 너 같은 딸 / 너를 위해 / 모래성
상처 / 어릴 적 / 우리 / 엇갈린 바람

강

닿을 순 없지만,
바라볼 순 있지.

고개를 조금 들어 너를 그저 바라만 본다.
아아, 달아.
이 칠흑같은 어둠 속
너란 존재는 어쩜 이렇게 빛나는 걸까.

나는 너로 인해 빛난다.
어쩌면 너를 위해 계속 흐르는 것일 수도.

너를 바라볼 때 가장 빛나는 나는,
오늘도 고요하게,
아주 고요하게 흘러간다.

— 나도 시인

구름

뭉게뭉게 바람 몰래 변신한다.
때로는 부들부들 강아지로,
때로는 새하얀 고양이로

둥실둥실 느긋하게 떠다닌다.
그러다가 들키면 어떡하려고?

다시 뭉게뭉게 이리저리 흩어진다.
바람한테 잡혔나 보네.

다시 둥실둥실 느긋하게 떠다닌다.
이젠 네가 술래야.

그저 그런 아름다운

그저 그런 얼굴
그저 그런 키
그저 그런 옷차림
그저 그런 너에게
그저 그렇게 스며들었다.

그저 그렇지 않게 만나
그저 그렇지 않은 사랑을 하고
그저 그렇지 않은 이별을 맞이해
그저 그렇지 않은 슬픔을 느꼈다.

돌아보면 그저 그런 아름다움들이었다.
너도, 나도, 순간들도.

달은 오늘따라 유난히 더 빛난다.
눈부시도록 찬란히.

저 달은
웃고 있을까,
울고 있을까.

— 나도 시인

날개

그저 바라볼 수밖에 없던,
오늘따라 더 푸른 저 하늘을
품어보려 한다.

내 눈에 담고 머릿속에 담고 가슴에 담아
영원히 영원히 품어보려 한다.

꼭꼭 감추어두었던 날개를 활짝 펴고
욕심을 내본다.
박자 없는 춤을 추는
저 하늘을 품기 위해.

아, 이 날개는 네가 주었지 아마.

너 같은 딸

엄마와 다툴 때마다 엄마는,
"너도 너 같은 딸 낳아봐."
나는 오히려 좋은걸.

어쩌면 엄마는 나를 축복해준 것일 수도
훗날 나 같은 딸을 낳아 꼭 행복하라고 말하는 것일 수도
나 같은 딸의 엄마인 것이 너무 감사해서 자랑한 것일 수도

엄마를 꼬-옥 안으며
솜이불처럼 푸근하고 달콤한 엄마의 향기를 느낀다.
'엄마, 미안하지만 나는 아들 낳을 거에요.'

너를 위해

언제든 불러
항상 두 귀를 열어놓을게

언제든 기대
한쪽 어깨를 내어줄게

언제든 잡아
있는 힘껏 꺼내줄게

기억해줘
이 모든 건
소중한,
아름다운,
빛나는,
내 반쪽인 너를 위한 것들이야.

모래성

너의 작은 출렁임에도
나는 마치 나비처럼
흔적도 없이 사라져버린다.

분명, 분명 나는 여기 있었는데
나의 작은 외침은
너무나도 아름다운 너의 밑으로
묻혀 버렸다.

잠시나마 많은 것을 마주한 것에 감사하며
이곳에서 부디
내가 기억되기를

내 위로 너는
샤아악-

상처

너의 시선에 긁히고
너의 말투에 찔리고
너의 태도에 멍들고
너의 손짓에 패여도

바보 같은 나는
또 너에게 다가가.
지울 수 없는 상처가 남는다 해도
다시 너의 그림자를 밟아.

무모한 짓이라는 걸 알아.
하지만 어쩔 수 없는걸.
네가 너무 아름답기에.

어릴 적

아침에 엄마에게 오천 원 받고
친구들과 문방구 아이스크림 하나씩 물던
그때로

축구공 하나만으로도
시간 가는 줄 몰랐던
그때로

소파에 누워 사과 한 입 베어 물며
좋아하는 애니메이션을 보던
그때로

먼지 쌓일 추억이 될 줄 몰랐던,
마냥 시간이 빨리 흐르기만을 기다렸던,
철없던 어릴 적

그 따뜻한 향기가, 그 포근한 풍경이,
시끌벅적하던 연락 끊긴 친구들이
이젠 슬슬 그립다.

우리

어리다기엔 이미 세상을 알고
다 컸다기엔 많이 미숙한 우리

덜 자랐다기엔 많은 동심을 잃었고
다 자랐다기엔 매일 새로운 꿈을 꾸는 우리

기억하자.
세상을 알기에 절망할 수밖에 없는 이 순간들을
많이 미숙하기에 마냥 즐길 수 있는 이 순간들을
동심을 잃었기에 마주하는 슬픈 이 현실들을
매일 새로운 꿈을 꾸기에 기대할 수 있는 내일들을

성숙하지 못한
흑백의 시기이기에
애도 어른도 아닌
푸르른 젊음이기에

기쁨의 눈물 한 잔을 들어 세상에 외친다.
"가장 아름답게 피어날 우리를 위하여."

엇갈린 바람

바람이 되었어.
너의 곁에 머물 수 있게.

수줍게 네 머리 위를 스쳤어.
너는 웃더라.
내가 생각 난 걸까.

어느 날엔 강하게 다가갔어.
내 존재를 알아줬으면 했거든.
나와 같은 곳을 바라보던 너의 눈은 슬퍼 보이더라.
이젠 너의 곁을 떠날 때가 된 걸까.

내 바람이
세상 한 바퀴 돌고
너에게 닿을 때쯤
네 시린 마음은 녹아있기를.

바람을 피했어.
너의 곁을 떠날 수 있게.

— 나도 시인

머리 위로 산들바람이 불었어.
웃음이 나더라.
네가 생각났거든.

어느 날엔 강하게 불어왔어.
너를 서서히 잊어갈 때쯤 다시 느꼈어.
너와 같은 곳을 보고 있었지만 끝내 시선을 돌렸어.
이젠 너를 보내줄 때가 된 걸까.

내 시린 마음이 녹을 때쯤
세상 한 바퀴 돈
너의 바람이
다시 찾아와주기를.

정진솔

{ 2학년, 나도 시인 }

가라앉은 모래 / 꽃의 작별 인사 / 만약 / 사랑

시계 / 시험공부 / 어느 밤 / 이상 / 종이에게

층간소음 / 푸른색 별무늬 펼통 / 항해 / 쓰레기통

가라앉은 모래

사라락, 소리 내며
손가락 사이로 빠져나가는
모래 한 줌

다시 잡으려 해도
이미 가라앉아 없어진
모래 한 줌

저 멀리
바다 깊이
가라앉아서

사라진다
사라진다
사라진다

퐁당, 소리 내며
바다에 빠진 모래 한 줌
언제쯤 멈춰 설까.

— 나도 시인

천천히 가라앉는
반짝이는 모래 한 줌
끝에 다다르면

그대도
잡히지 않는 그대도
끝에 다다를까.

난 오늘도
저 멀리 사라진
그 모래들을 보며

잡을 수 없는
더 이상 닿을 수 없는
그대를 부른다.

꽃의 작별 인사

봄이 지나고
여름이 왔으니

이제 슬슬
떠나갈 준비를 하렵니다.

여름이 지나면
가을이 올 테니

낙엽에 묻힐
준비를 하렵니다.

곧 물이 얼어
눈이 될 테니

제자리로 갈
준비를 하렵니다.

기다려준 만큼
떠나갈 테니

기다린 만큼
잊어주기를

이제 슬슬
떠나렵니다.

봄이 지나갔으니

만약

만약에
붕어빵이 아니라
빵붕어라면

붕어빵들이
물속에서 이리저리
헤엄쳤을까?

만약에
오리발이 아니라
발오리라면

오리발들이
날아가고, 물 위에 둥둥
떠다녔을까?

만약
안경물이라면
물로 된 안경을 쓰고

— 나도 시인

만약
수건손이라면
손으로 무언가를 닦을까?

만약에, 로 시작되어
멈추지 않는
터무니없는 상상들

지루하고
피곤한 일상 속의
오아시스 같은 도피처

하지만 정작
생각 밖으로 나오면
부끄러워지는 상상들

그래도
자유롭게 써 내린다.
적어도 이 시에서는

사랑

아무에게나 주기엔
너무도 아까운 것

그렇다고 갖고만 있기엔
너무도 따뜻한 것

누구나 받아봤지만
쉽사리 깨닫지 못하는 것

아무도 모르지만
누군가는 계속 나누는 것

신이 말하기를
항상 나누어야만 하는 것

누군가 말하기를
항상 받아 마땅한 것

누군가에겐 몽글몽글
항상 온기에 차 있지만

누군가에게 뾰족뾰족
나무 뜨거워 데이기도 하고

— 나도 시인

누군가에겐 주룩주룩
차갑게 식어 붙잡지 못하는 것

누군가는 너무 많이 가졌고
누군가는 너무 부족한, 불공평한 것

친구에게, 부모에게
자식에게, 형제에게

저도 모르는 새에 나누던 것
그와 같은 형태로 받았던 것

누군가에겐 약이 되고
누군가에겐 독이 되는

이타적이면서
이기적이기도 한 그것을

사랑이라고
우리는 부른다.

시계

한 바퀴,
두 바퀴,

매번 같은 자리를
스쳐 지나가는 그는

매시간
반복되는 일과와

매분
정해진 시간을 명하는

모든 생활의 중심이자
모든 일상의 사령관

항상 손목에, 벽에,
손에 두며

째깍, 들려오는
명령을 수행하는 우리는

언제나 그의 지시를
기다리며 살아간다.

— 나도 시인

시험공부

하얀 하늘에
떠오르는 별

다음 문제 넘어갈수록
점점 늘어가기만 하고

붉은 올가미
나를 조여 오며

억수로 쏟아지는 붉은 비
총알처럼 나를 뚫고 지나가네

창밖의 하늘
점점 밝아오는데

나의 눈앞도
과연 밝아질 수 있을까.

어느 밤

저 멀리 들렸던
멍멍, 짖는 소리

저 도로를 달리던
차들의 소리

다들 자러 갔는지
조용한 늦은 밤

유난히 큰
뒤척이는 소리

유난히 밝은
창밖의 가로등

다들 자러 갔지만
나만 깨어있는 밤

마치 수면제 같은
영어 단어장이

　　　　　　　　　　　　— 나도 시인

매일 재워주던
잔잔한 피아노곡이

오늘따라 아무 효과도 없는
지루한 밤

천장을 가리키며
보이지 않는 별을 세고

곤히 자고 있는
인형에게 말을 거는

나만 깨어있는
조용하고 지루한 밤

오늘은 언제쯤
잠이 들 수 있을까?

이상

좀 더 당당해지고 싶었다
그 커다란 나무처럼 되고 싶었다

많은 사람 앞에서도
떨지 않아보고 싶었다

더 나은 나로 변하고 싶었다
더 나은 내가 되고 싶었다

큰 목소리로 말해보고 싶었다
TV에 나오는 저 사람들처럼 되고 싶었다

많은 사람과 금방
친해져 보고 싶었다

만약 어느 누군가가
그건 내가 아니라 한다면

나는 기꺼이
이런 나를 버리리라

— 나도 시인

나는 기꺼이
다른 사람이 되리라

어느 누군가가
변하지 못한다고 한다 해도

계속 꿈에 그리리라
이상적인 나의 모습을

종이에게

오늘도 몇 번이고 써 내린
시, 시, 시

내 생각들 꾹꾹 담아냈던
우울함의 극치인 그놈의 시

아니야, 아니야, 몇 번이고
북북 찢어버린 메모지

참다 참은 종이가
그만하라고 소리친다.

찌익, 찌익, 찍
날카롭게 화를 낸다.

그래, 종이야
내가 너무했어.

내 하소연 한 자, 한 자
빠짐없이 들어주었는데

— 나도 시인

좍좍 찢어버리니
화가 날 만해.

그런데 종이야,
정말 정말로 미안한데

조금만 진짜 조금만
그 화를 고이 접어 두어줄래?

찢지는 않을 테니
조금만 더 수고해줘.

층간소음

쿵, 쿵
콰앙

북을 치는지
장구를 치는지

끊임없이 나를 괴롭히는
비 오는 날, 천둥소리

내 방이 최고층인
우리 집

여전히 나는
층간소음에 시달린다.

불꽃놀이라도 하는지
번쩍 번쩍

너무나 신이 난
천둥과 번개

— 나도 시인

소리치고 싶은 마음
꼬옥, 붙잡고

나오기 직전인 말
꾸욱, 삼켰다

거 위층,
조용히 좀 합시다!

푸른색 별무늬 필통

여기저기 구멍이
하나, 둘…….

2년 전 네가 선물로 준
푸른색 별무늬 필통

이제 바꿔야지,
소리 들어도

놓을 수가 없는
별무늬 필통

꿰매면 더 쓸 수 있어,
고집부려도

점점 해져간다.
너와 나눈 편지보다 빨리

2년 전의
2월 19일

— 나도 시인

네게 받은
네 번째 선물

이제는 그만
놓아주어야 할까?

보물처럼 아껴왔던
푸른색 별무늬 필통아,

너는 어떻게 하고 싶니?

항해

어느 날 불현듯
태어난 우리는

일생이라는 바다로
항해를 시작한다.

반짝이는 푸른 바다도
내리쬐는 뜨거운 햇빛도

눈에 보이는 모든 게
아름다운 보석처럼 보인다.

때론 날이 흐려져
비가 내리고, 천둥이 치고

높아지는 파도 속에서
낙망하여 울게 된다 해도

비가 그친 뒤의
맑은 하늘을 기다리며

— 나도 시인

다시 돛을 펴고
앞을 보며 나아가자.

일생이라는 바다에서
항해를 시작한 우리는

폭풍이 불어도
나아갈 수밖에 없기에

별을 찾으며
물길을 따라서

목적지에 다다를 때까지
끝없이 떠날 것이다.

일생이라는 바다 위
우리는 항해자

쓰레기통

내 마음 어딘가
바다 같은 쓰레기통

화날 때마다
짜증 날 때마다

슬플 때마다
우울할 때마다

하나씩 하나씩
퐁당, 빠뜨린다.

그리고 어느 날
툭, 소리가 났다.

아,
그렇구나

돌아보니 내 마음은
쓰레기만 가득했다.

최주희

{ 1학년, 나도 시인 }

눈

올해도 네가 오기를 기다려

언제쯤이면 네가 올까.
매일 밤 밖에 나가
어두운 하늘을 목 빠지게 쳐다봐

널 기다리는 내 마음을 모르는지
아무리 기다려도 오지 않는 너

보고 싶다.
네가 오는 날에 나의 모습을

— 나도 시인

민정이와 나

푸른 하늘처럼
푸른 마음을 베풀고

서로를 존중하며
같이 맞춰나가고

서로의 빈틈을
하나하나 채워주고

콩 한 쪽도
나누어 주어

같은 반 친구보다도
우정 깊은 사이

최주희 —

보고 싶은 사람

나를 보고
해바라기처럼 웃어주었던 사람

친구보다도
더 정들었던 사람

장난스런 농담으로
나를 웃게 만들어주었던 사람

푸른 바다 보며
나와 같이 걸었던 사람

보고 싶은 사람

우리 아빠

새벽

아무도 간섭하지 않는 곳
혼자만의 시간을 보낼 수 있는 곳

들리는 거라곤
횡횡 부는 바람 소리와
한 번씩 지나가는 차 소리 뿐

아무도 간섭하지 않는 곳
혼자만의 시간을 보낼 수 있는 곳

보이는 거라곤
반짝반짝 빛나는 별과
밝게 빛나는 가로등 뿐

아무도 간섭하지 않는 곳
혼자만의 시간을 보낼 수 있는 곳
그곳은 나만의 세상

최주희 —

신호등

빨간색, 노란색, 초록색
이 색으로
사람들을 움직이게 할 수 있는
네가 참 신기해

사람들이 네가
빨간색일 때 멈추는 것처럼
노란색일 때 조심하는 것처럼
초록색일 때 움직이는 것처럼
내가 말하지 않아도
알아서 움직이면 얼마나 좋을까?

우리에게 네가 필요하듯
나도 누군가에게 필요한 존재이고 싶어.

말하지 않아도 사람들을 움직일 수 있는
너는 행동 조종사

— 나도 시인

아빠 만나러 가는 길

짐을 싸고
거리를 나선다.

눈앞에 보이는
푸른 하늘과 시멘트 길

버스를 타고
목적지를 향해 달려가네.

한참 달리다 도착한 곳

어쩌면 그곳은 친구랑 노는 것보다
더 행복한 시간을 보내는 곳

항상 그리운 곳
매일 가고 싶은 곳

최주희 —

아빠께

오늘도 쓴다.
그에게 드릴 편지를

고마워요
아빠라는 사람이
옆에 있어 줘서

미안해요
화만 내고
잘해준 게 없어서

그리워요
단둘이
푸른 하늘 보며 걷던 날이

보고 싶어요.
해바라기처럼 웃어주던
아빠의 얼굴을

— 나도 시인

아이디어

네가 없는 날
한 시간이 지나도
두 시간이 지나도
시 한 편 쓰지 못 했네.

목 빠지게 생각해도
보이지 않는 너

뭔가를 보면 네가 나타날까.
붉은 노을도 보고
노란 태양도 보고
푸른 하늘을 보아도
나타나지 않는 너

친구처럼 늘 곁에
있어 준다면 얼마나 좋을까?

없을 땐 없고
있을 땐 있는
참 신기한 너

최주희 —   89

이불

잘 때
날 덮어주는 것

추울 때
날 덮어주는 것

울고 있을 때
날 덮어주는 것

속상한 일 있을 때
날 덮어주는 것

아무 말도 하고 싶지 않을 때
날 덮어주는 것

내 우울함을 덮어주는
포근한 이불

오늘 하루도 수고했다고
날 덮어주는 이불은 내 친구

— 나도 시인

친구

혼자보다도
같이 있으면 재미있는 존재

옆에 있으면
절로 미소가 지어지는 존재

옆에 없어도
있는 것처럼 포근한 존재

무슨 일이 있든
내 일처럼 공감해주는 존재

어딜 가든 내 옆에 있는 존재
없어서는 안 될 존재

최주희 ―

칭찬

언제 들어도
반가운 너

들을 때마다
하하 호호 웃게 만드는 너

노력한 결과보다도
날 기쁘게 만드는 너

내가 듣던
내가 하던
기분 좋은 너

너는 행복

카멜레온

좋겠다.
위험할 때 색을 바꿔
피할 수 있어서

나도 너처럼
피하고 싶을 때
색을 바꾸고 싶다

부럽다
본능적으로 색을 바꿔
조절할 수 있어서

나도 너처럼
감정을 본능적으로
조절하고 싶다.

언제든 색을 바꿀 수 있는
너는 색깔 부자

최주희 —

통일

60여 년 동안
만나지 못한 당신

60여 년 동안
목소리 한 번 듣지 못한 당신

매일 밖에 나가
손 시리도록 기다려도
나타나지 않는 당신

나타나지 않는 당신을
목 빠지게 기다립니다.

장미꽃보다도 예뻤던
당신을 생각하며
하루하루 기다립니다.

내일이면 오겠지
내일이면 오겠지

당신을 만날 그날이 오기만을
하염없이 바라봅니다.

— 나도 시인

해가 되고 싶어

사람들에게
빛을 주는 너처럼
나도 사람들에게
행복을 주고 싶어

사람들에게
평온함을 주는 너처럼
나도 사람들에게
휴식의 공간을 주고 싶어

사람들에게
따뜻함을 주는 너처럼
나도 사람들에게
따뜻한 위로를 해주고 싶어

네가 되어 기다릴게
사람들에게 도움이 되는 그날을

최주희 —

강명관

{1학년}

낚시배 / 버스

알람 소리 / 행복한 강아지

낚싯배

바다에 있는 낚싯배
낚싯배에 오르는 사람들
낚싯배는 귀찮다

낚싯배는 물에서 흔들린다
낚싯배는 신난다
사람들은 멀미한다

시간이 지났다
물이 차가워졌다
낚싯배는 춥다
물에게 미안하다
자를 물 위로 띄워주어서

낚시가 끝났다
사람들이 간다
낚싯배는 쉰다

버스

정류장에서 버스를 기다린다.
저 멀리서 붉은 버스가 온다.
버스에 타서 카드를 삑 찍고
버스에 올라타 자리에 앉았다.
정류장에서 사람들이 탄다.
버스가 좁아졌다.
방지턱에서 덜컹하며
사람들이 우르르 도미노처럼 넘어졌다
웃음을 참지 못하고
웃음을 터트렸다.
사람들의 시선을 느끼며
학교 정류장에서 내렸다.

알람 소리

알람 소리가 들린다.
점점 소리가 커진다.
사이렌 소리처럼 소리가 크다.
우리 집 앞집 옆집 뒷집까지
알람이 지진 난 듯 울린다.
옆집 아이 울음소리에
겨우 알람을 끄자
그제야 조용해진다.

행복한 강아지

주인은 나간다
강아지는 기다린다
주인만을 기다린다

먹을 때도, 놀 때도
변을 볼 때도, 낮잠을 잘 때도
오직 주인만을 기다리지

사람처럼도
움직이는 강아지
주인의 발소리를 듣고
반갑게 맞이한다
행복한 강아지

강명관 —

강은솔

{ 2학년 }

내 손은 소중해

반짝반짝 빛나는 별 / 오늘도 땡땡땡

우리 집 막내 / 장미꽃 / 파란 버스가 싫다

내 손은 소중해

흰 도화지에
그림을 그리게 해주는
내 손은 소중해

책을 읽을 때
종이를 한 장, 한 장
넘길 수 있게 해주는
내 손은 소중해

오늘 하루
일을 너무 시켰나?
내 손이 심술이 나선
손이 저리기 시작해

잠시 쥐 떼가 몰려오는
고통을 느끼고 나면
잠시나마 내 손이 밉지만

나중엔 다시금
내 손이 소중하단 것을 느끼고는 해

반짝반짝 빛나는 별

캄캄한 밤의
밤하늘이 보고 싶어져서
하늘을 올려다보면

반짝반짝
찬란하게 빛나는 별이
환하게 웃으며 인사해주네.

동화책에서 보면 노란색인데
어째서 밤에 보면 하얀색일까?

그래서일까, 오늘따라
환하게 빛나는 별을 보니
밤하늘이 더욱 밝아진 것 같다.

강은솔 —

오늘도 땡땡땡

아침부터
요란하게 땡땡땡
날 깨우려고 오늘도
알람 시계가 야단친다.

나도 심술 나서
무시하면
다시 한번 땡땡땡

하늘은 아직도 이리 어두운데
밝고 눈이 부신 빛을 내뿜으며
날 깨우는 알람 시계 덕분에

오늘도 일찍 눈을 뜬다.

우리 집 막내

우리 집 막내
오늘도 멍멍멍
나를 보며 인사해주네.

우리 집 막내
항상 기운찬 모습으로
나를 보며 놀아달라고 조른다.

우리 집 막내
먹성이 너무 좋아
밥을 먹을 때면

멍 멍 멍

언니보다 더 커다란 목소리로
빨리 달라며 두 마리서 나를 야단친다.

장미꽃

꽃집을 가봤더니
다른 꽃들보다도
빨간색, 파란색, 노란색, 검은색
알록달록 예쁜 색들로
장미꽃이 자리 잡고 있더라.

예쁜 꽃잎을 보다가
실수로 줄기를 만졌더니
뾰족뾰족 가시가 돋아나 있더라.

가시에 찔린 손가락이
커다란 파도가 밀려오듯이
아파오기 시작해
이제 자리를 떠나려고
장미꽃을 바라보았더니

장미꽃이 환하게 빛나는 얼굴로
인사해주더라.

파란 버스가 싫다

항상
예정 시간보다 더 늦는
파란 버스가 싫다.

빵, 빵, 빵 경적을 내뱉으며
나에게 화를 내는 파란 버스가 싫다.

자기가 먼저 늦었으면서…….

그래도 나에게
버럭버럭 화를 내는
파란 버스가 싫다.

강은솔 —

강지웅

{ 1학년 }

먹구름 / 별

아빠 / 푸른 바다

떠구들

님은
어딜 그렇게
바삐 가십니까?

당신들은
모두 같이 어딜 그렇게
바삐 가십니까?

당신들은
다시 돌아오면
왜 그렇게
슬피 우십니까?

별

님은
왜 이리 밝으십니까?
너무나 아름다워
잡고 싶어도 못 잡는 님

우리 근처에 있는
그분보다
더 반짝거리는 님
당신을 한 번이라도
꼭 안아보고 싶고
보고 싶은 님

아빠

그는 아낌없이 준다.
그의 모든 것을 준다.
마음까지도 그는 준다.
여름에는 나의 그늘막이 되어준다.
그는 아낌없이 주는 나무

푸른 바다

당신은 한없이 깊은 마음
한없이 넓고 푸른 마음

그는 마법사
어느 때는 푸른색
어느 때는 에메랄드

그는 푸른 생명
여러 생명체가 살아 움직인다.

강휘민

{ 2학년 }

내 친구를 소개할게

마스크 / 만능

사과 / 시 / 코로나

내 친구를 소개할게

알록달록 여러 색을 가진
다양한 친구들

빨강은 열정
항상 운동도 공부도 열정적이야.

노랑은 행복
언제 어디서도 행복해

초록은 차분함
급한 일이 있어도 차분해

파랑은 하늘
하늘처럼 큰마음이야.

내 친구들은 알록달록한 무지개

마스크

코로나 때문에
2020년부터 쓴 마스크

학교 가기 전에 드는 고민
검정 마스크 쓸까,
하얀 마스크 쓸까.

학교에서 운동할 때도
공부할 때도 친구처럼 항상 같이 있는 마스크

마스크가 답답 쓰기 싫지만
날 지켜주는 마스크

마스크는 언제 어디서든 도와주는
마스크는 수퍼히어로

만능

아침 일찍
시골의 새벽을 꼬끼오하고
알리는 닭은 알람

배고플 때
치킨이 되고 삼계탕이 되어
내 배를 채워주는
닭은 식량

닭이 낳은 달걀을 먹어
우리 몸이 튼튼하게 만들어주는
닭은 영양사

항상 우리 곁에서 수퍼히어로처럼
우리를 지키는 닭은 만능

사과

농부가 새 생명을 뿌린다.
농부의 따스한 손길로 자라난다.

뜨거운 여름과 추운 겨울을 이겨내
따스한 봄에 나온 새싹

새싹이 여러 해
버티고 버텨 훌륭한 나무가 됐다.

나무를 꾸며줄
꽃을 달고 멋진 꽃단장

사과는 추억
빨간 사과가 주렁주렁 달렸다.

사과처럼 크고 싶다.

강휘민 —

시

학기마다 시작하는
수행평가 시 쓰기

랩같이 라임이 맞고
들을 때 고개를 까딱까딱
리듬을 타게 되는 시

정답은 없지만
어렵고 하기 싫은 시

서걱서걱 한 글자씩
고민하면서 완성하는
나는 시인

코로나

푸른 지구에
탈옥한 악동 범죄자
코로나

사람들이 범죄를 당해
기침을 콜록콜록 머리가 띵

사람들이 두려워 사용하는
마스크

코로나 때문에
오늘도 쓰는 마스크

고태규

{ 2학년 }

검은 연필 / 너 편해 보이네

머리에 생긴 산 / 아빠 / 책 / 친구

검은 연필

난 너 없으면
어떻게 살까?

마음 전하는 편지도 못 쓰고
멋진 그림도 못 그리고
감동적인 시도 못 쓰고

네가 없으면
이걸 다 못하네.

나도 너처럼
없으면
안 되는
사람이 되고 싶다.

너 편해 보이네

내가 학교 갈 때
잠만 자고
너 편해 보이네

내가 불러도 무시하는데
간식 냄새 킁킁 맡으면 애교 부리는
너 간식 편애하네

산책 소리만 들으면
벌떡 일어나 짖는
너 편한 것 같네

잠만 자는 강아지
부럽지만 부럽지 않다.

머리에 생긴 산

바다야
나 띈다.

하나, 둘, 셋
펑
악! 쓰으으읍

바다야
70kg도 못 받냐?

너 실망이다
침대처럼 날 받아줘야지
후…….
산과 바다가 만났네

아빠

로봇 같은 아빠
그건 어릴 때 생각이다.

아빠도 일이 짜증 나고
괴롭다

꺼무스름한 손으로
새벽부터 일을 나가는
고마운 아빠

콸콸 쏟아지는
뜨거운 물로 아빠
때 한번 밀어드려야겠다.

고태규 —   129

책

교장 선생님, 엄마
어른들이 읽으라는
지루한 책

아침 조회 때 초등학교 교장 선생님의
훈화 말씀 같은
지루한 책

빼곡한 검은 글씨들이
더 지루하게 만드네.

글만 있는 지루한 책 말고
그림 있고 재미있는 만화책 읽어야지.

친구

더운 날
아주 시원한 바람

가을에 임자 없는
날 위로해주는 바람

때로 슝슝 부는
차가운 바람으로
날 맞이 하지만

맨날 나와 함께
등굣길 걸어주는
넌 친구

고현서

{ 1학년 }

가족

밤

푸른 바다

가족

가족은 어떤 말보다 아름다운 것 같다
가족만 보면 내가 좋아하는 아이돌처럼 웃음이 나온다.

가족만 있어도 어떤 일을 하든
해낼 수가 있는 것 같다.

가족이라는 말은 매일 들어도
질리지 않고 행복하다.

가족과 같이 있으면 두근두근 마음이 뛰고
가족과 한 집에 모이면 달달함이 배가 된다.

가족이란 나에게 없어서는 안 될 존재다.
가족이란 너무 소중하다.

밭

촌에서 흔히 볼 수 있는 게 밭이다.
밭농사는 우리 부모님도 짓고 있다.
여름이면 밭이 온통 초록색이다.
농작물이 처음보다 쑥쑥 자라면
기분이 좋아진다.
수확할 때가 되면은 부모님이
뿌듯해하신다.
우리 가족처럼 농작물도 쑥쑥
자라서 열심히 판매할 것이다.
농민들 파이팅!

푸른 바다

바다는 왜 고요한가.
넓고 넓은데 왜 이렇게 고요한가.
바다에 무슨 문제가 있나.

푸른 바다는 마음이 아픈 건가.
어, 파도는 아픈 게 아니고
잠시 잠을 자는 거였다

'자장자장 우리 바다야'
잘 잤느냐?
반갑다 푸른 바다야
반가워 푸른 바다야

김 건

{ 2학년 }

겨울 / 먹구름 / 바다
비 / 시계 / 열정

겨울

겨울이 시작되었다.
그리고 친구와 싸운
내 마음에도 겨울이 시작되었다.

눈이 펑펑 내린다.
그것도 아주 새하얀 눈이
날씨가 춥다⋯⋯.
내 마음도 덩달아 춥다.

친구와 화해를 했다.
마음이 따뜻하다.
날씨는 춥지만
마음은 따뜻하다.

먹구름

당장이라도 비가 올 것 같은
어둡고 다락방보다 좁은 하늘
어두컴컴한 먹구름이
끼어있네

어제 친구와 싸워 속상한
내 마음에도 끼어있는
어두컴컴한 먹구름

조금 지나니 바다보다 넓고
맑아진 하늘
언제 먹구름이 끼었냐는 듯
맑아졌네

오늘 친구와 화해해서
내 마음도 하늘처럼
맑아지길…….

김 건 —   139

바다

오랜만에 온 바닷가 모래사장
한 걸음 한 걸음 걷다 보니
푸른 빛 바다에서 파도가
철썩철썩
바닷속 모든 생물의
엄마인 바다
바다를 보다 보니
저물어가는 하늘
바다에 비친 노을이 예쁘다.
마치 우리 엄마처럼…….

비

창문을 열어보니 어두컴컴한 하늘
이제 곧 울려는지 갑자기 한 방울
두 방울 떨어지는 눈물

쏴아-
갑자기 슬프고 서글프게 우는 하늘
무엇이 그리 슬픈지…….
무엇이 그리 억울한지…….
참 안쓰럽게도 우는 하늘

조금 지나니 한이라도
풀렸는지 눈물을 닦고는
방긋 웃고 있네

김건 ―   141

시계

오늘도 평화로운 아침
재깍재깍
어디서 소리가 나서 보니
새처럼 우는 시계
자세히 보니 일곱 시 사십 분
조금 더 자려 하니
재깍재깍 재깍
자지 말라고 나를 깨우네
그렇게 누워있다 보니
어느새 여덟 시

열정

열정은 불과 같이 활활 타오른다.
언제 어디서나
우리 마음속에서

그러다가
어느 한순간에
마치 차가운 물을 끼얹은 것처럼
꺼져있다

살아가는 데 불이 꼭 필요한 것처럼
열정도 필요하지 않을까.
오랜 시간 우리 옆에 있던 불처럼
열정도 오랜 시간 우리 옆에 있던 게 아닐까.

김난영

{ 1학년 }

가을숲 / 너를 만나러 가는 길

너에게 쓰는 편지 / 단비

밝게 빛나는 별

가을날

올해 유난히 짧은 가을
붉게 물든 단풍보다
화사한 얼굴이었던 너

어느 날 부는 바람에
날아가 버린 너
사라져버린 너

마음 한 켠
숭숭 구멍 나 버린 내 마음

오늘도 너를 그리워하다
하이얀 눈 내리는 겨울이 왔어.
보고 싶다.

너를 만나러 가는 길

하늘 맑디맑아
푸르른 하늘

우르르 쾅
비 내렸던 하늘

지금은 웃고 있어
노란 리본 달고
따스한 봄

너를 만나러 간다
너 있는 그곳

춥지 않을까.
덮어줄게
노란 이불

너에게 갈게
4월 16일에는

김난영 —

너에게 쓰는 편지

푸르른 바다 파도 소리 들으며
보고 싶어
편지를 쓴다.

바다 같이 너의 넓은 마음
해맑은 아이 같이
웃으며 나에게 힘을 주는 사람

반짝반짝
나를 밝게 비춰주던 사람

그런 네가 보고 싶어
편지를 쓴다.
4월 16일 보고 싶은 너에게

단비

푹푹 찌는 무더운 여름밤
한여름 밤 단비 같던 너
난 네가 필요해
더운 여름 빨갛게 익은 볼
내 더위를 식혀주던
한여름 밤 단비 같던 너
난 네가 필요해

밝게 빛나는 별

어둑어둑
어두운 하늘

보이지 않아 어두워
당신은 나의 빛

어두운 하늘
빛나는 별

나에게 조용히 힘을 주는 사람
조용한 밤하늘

나를 지켜주세요.

김민경

{ 3학년 }

걱정하지 마세요 / 나를 미워하지 마

나만의 장소 / 나비

시계 / 지구 온난화

걱정하지 마세요

아무리 힘들어도,
아무리 어려워도,
걱정하지 마세요.
나중에는 좋은 일이 생길 거에요.

비가 온 뒤 하늘이 맑아지는 것처럼,
하늘에 먹구름이 가득 껴도 나중에는
바람이 밀어내 맑아지는 것처럼

터벅터벅 걷는 어두운 발걸음도
나중에 돌아보면 알 거에요.
그 발걸음이 행복한 미래를 만들었단 걸.

나를 미워하지 마

가을을 밀어내고
겨울이 온다.

사람들은 나오지 않고
동물들은 자러 간다.

나무들만 살랑살랑
손 흔들고
아무도 나오지 않는다.

어째서 나를 미워하나요.
그래도 알아주세요.
나의 쓸쓸한 마음을

김민경 —

나만의 장소

책을 고를 때 오는
짜릿한 느낌

작가의 마음을 그려낸
그림 같은 제목

종이라는 무대 위에서
재잘재잘 떠드는
작은 글자들

한 장 한 장 넘길 때마다
가슴에서 피는 시원한 설렘

각자 다른 바람이 부는
설렘 가득한 나만의 장소

나비

팔랑팔랑 날아다니다.
나뭇가지 위에서 쉰다.

장미 위에도,
갈대에도 가본다.

꽃가루와 이슬 챙겨
해바라기 위에 누워본다.

푸른 하늘을 눈에 담고,
깊은 바다를 마음에 담는다.

날아다니며 느끼는,
나는 따뜻한 여행 중

시계

너는 1초마다 조잘조잘 떠든다.
신경 쓰이다가도 조용해지면
걱정이 돼 한 번씩 쳐다본다.

컴퓨터보다 정확했던 너
지금은 흐르는 시간이 아쉬운지
자꾸 멈춘다.

너의 파란 바늘 소리가 나지 않을 때
나는 추억하겠지.
너와 함께한 시간들
네가 해준 이야기를

지구 온난화

땅이 좁아지고
먹이가 줄어들었다.

매일 하는 이사
지겹지도 않더냐.
아무 말 없으셨던 어머니
묵묵히 걸으셨다.

천둥보다 큰 소리에 뒤돌아보니
땅이 우르르 무너졌다.

무너진 아래 푸른 바다 위에
물고기가 춤을 췄다.

아무것도 몰랐다.
그날의 나는

김민우

(2학년)

마스크와 싸운 날

버스 안에서

불쌍한 안경 / 책상은 내 친구

마스크와 싸운 날

맨날 티격태격 싸우던
나와 마스크

오늘은 크게 싸워버렸다.

나는 화해를 청하려고
그 마스크를 쓰고 나왔다.

처음에는 어색했다가
먼저 말을 걸어보니

언제 싸웠냐는 듯
쫑알쫑알 나에게 말을 하고 있었다.

재밌게 얘기하다 보니
어느새 도착해 있었다.

버스 안에서

버스정류장에서
기다리다 탄 버스

어? 앉을 자리가 없네.

서서 가다가
사람들이 내리려고 하네?
저기 앉아야겠다.

부욱 내 코로 날아온
고약한 냄새
뭘 먹었길래…….

자리를 양보해드렸다.
서 계신 할머니께

집에 갈 때 탄
버스

불쌍한 안경

안경을 처음 맞춘 날
좋기도 하지만 걱정도 되고

농구 하다가 농구공에 맞아
빠지직 소리가 나서 보면
부러져있고

친구들과 놀다가
부딪혀서 부러지고

검은 뿔테 안경이 쉬고 있을 때
깔려서 부러지기도 하고

주인을 잘못 만나
불쌍한 안경

책상은 내 친구

입학해서 처음 만난
노란 나무 책상

교과서로 같이
공부도 하고

맛있는 거 받으면
나눠 먹기도 하고

가끔 낙서 한다고
화낼 때도 있지만

금방 깔깔 웃으며
얘기한다.

책상은 내 친구

김현승

{ 2학년 }

나는 거울 / 나의 책상은

무엇이든 만드는 손

짱돌 / 화산 같은 우리 엄마

나는 거울

친구가 무엇을 하든
따라 하는 거울

못생긴 표정을 지으면
똑같은 표정을 짓고

이상한 행동을 하면
똑같은 행동을 하고

붉은 얼굴로 엄마같이 화를 내는
친구가 재미있는 거울

친구가 무엇을 하든
따라 하는 게
재미있는 거울

나의 책상은

여러 가지 색깔의 학용품이
쌓여있는 책상

쓰레기장같이 더러운 책상
치우기 귀찮은 책상

치워도 쓰레기가 다시 쌓이는 책상
상처가 많은 책상

하지만 나와의 추억을 남긴 책상
나와 평생을 함께한 책상

나의 책상은 소중한 친구

김현승 —

무엇이든 만드는 손

도구를 만들어 사냥했던 사람들
손으로 필요한 걸 만든 사람들

낡은 기계가 생기기 전
물건을 만든 사람들의 손
기계처럼 물건을 잘 만든 손

사람이 만든 기계
더 좋은 물건을 만드는 기계
손만 중요한 건 아니지만
손은 사람들이 발전해온 큰 이유

무엇이든 만들어낸 사람들의 손

짱돌

어릴 때 갖고 놀던
짱돌은 내 장난감
가장 재미있는 장난감

푸른 강가
통통통통 튀다가 퐁당 빠져버리는 물수제비
친구들과 겨루던 물수제비

지금 와서 보면
아무것도 아닌 짱돌
옛날을 생각하면
짱돌은 나의 친구

김현승 —

화산 같은 우리 엄마

시험을 망쳐 집으로 가는 길
어떻게 해야 생각하는 나
매우 불안하다.

집으로 돌아와
시험지를 본 엄마
부글부글 끓는 붉은 화산

엄마가 화를 내러 내게로 온다.
폭발하기 직전인 붉은 화산
어디든 숨고 싶은 나

화를 낸 엄마는 위험한 화산

노현우

{ 1학년 }

강아지 / 돌
물고기 구름
바다 같은 하늘

강아지

학교가 끝나고
돌담 넘어 집에 가던 길

저 멀리서 어떤 소리가 들린다.
강아지 소리다.

강아지는 강한 바람 소리처럼
우렁차게 월월! 짖는다.

너무 짖으니 짜증이 나기 시작했다.
저기 있는 돌도 시끄러워 데굴데굴 굴렀다.
도저히 듣지 못하여
"시끄러워" 소리치니
조용해졌다.

돌

산에 갑니다. 예쁜 돌 찾으러 갑니다.
어른들께서 어디 가냐고 물어보십니다.

저는 말합니다.
산에 갑니다. 예쁜 돌 찾으러 갑니다.

산에 있는 큰 배처럼 생긴 돌이 있습니다.
물에 띄워보니 둥실둥실 뜰 줄 알았는데 가라앉습니다.
아이는 실망하여
"벌써 저녁인가?"
말하며 집에 돌아갑니다.

물고기 구름

오늘따라 저 하늘이 푸릅니다.

바다처럼
푸른 하늘에
물고기처럼 생긴
구름이 떠다닙니다.
신기합니다.

구름이 마치 물고기 같습니다.
물고기들이 첨벙첨벙
헤엄치며 돌아다닙니다.

바다 같은 하늘

푸른 하늘은 저 앞에 있는
바다 같이 보입니다.

하늘은 바다 같고
구름은 파도 같습니다.

그렇게 바다 같은 하늘을 보다 보면
하루는 금세 가버리고 맙니다.
집에 가면 자꾸 하늘이 생각납니다.

다음날을 기다리며
푹신푹신한 침대에 누워
천장을 보고 하늘을 생각합니다.

노현우 —

문펄립

{ 1학년 }

게임 / 급식

지웅 / 하늘

게임

마우스 클릭은 재밌다.
앉아서 딸깍 또 딸깍

컴퓨터는 더 재밌다.
켜기만 해도 클릭보다
더 재밌다.

게임은 더 더 재밌다.
내 마음을 붉게
불태워 버리기 때문에

급식

나는 급식이 너무 싫다.
맛이 완벽하니까

밥은 맛없다.
밍밍해서 질리지 않으니까

국도 맛없다.
맛이 너무 깊어 빠져들기
때문에

그래도 난 쩝쩝 급식을
먹는다.

지웅

지웅이는 가족이 열 명이다.
많은 가족과 푸른 고원만한
집에서 산다.

지웅이네 집은 밀림
동물들과 서로 많은 걸
주고받는다.

지웅이는 밀림의 원주민
그 누구보다 밀림을 잘 안다.
누가 넘볼 수 없을 만큼

하늘

하늘은 보금자리
우리 세상이 안길 수 있는
세상의 보금자리

하늘에 있는 고요한 섬
구름
구름 속에 사는 주민
하얀 새

나도 지금 하늘에 산다.

박민수

{ 2학년 }

내 친구 나무

돛단배 / 문 / 작은 돌

내 친구 나무

내가 본 친구 중 가장 변함없는 너
갈 때마다 반갑게 나뭇잎을 살랑살랑 흔드는 너
가을마다 붉은 머리카락으로 염색하는 너

비를 맞아도 끄떡없어
바람이 불어도 끄떡없어
제일 강인한 내 친구

하지만 너도 언젠간 가공되겠지
어떤 모습일까.
종이가 될까 책상이 될까.

나무는 소중한 내 친구

돛단배

작은 돛단배
경험은 적지만
바다를 항해하는 작은 돛단배

우르르 쾅쾅 천둥이 쳐도
후두둑후두둑 비가 내려도
열심히 앞으로 가는 돛단배

열심히 경험을 쌓다 보니
크기가 커진 배
더 많은 경험을 쌓기 위해
빨간 빗발을 펄럭거리며 전진하는
커다란 배

돛단배는 경험의 크기다.

박민수 ―

문

내 앞에 있는 검은 문과 하얀 문
편안해 보이는 검은 문
불편해 보이는 하얀 문

무슨 문을 열까.
이쪽으로 오라고 손짓하는
검은 문과 하얀 문

무슨 문을 열까.
편하지만 양심이 불편해 보이는 검은 문
불편하지만 양심이 편안해 보이는 하얀 문
끼이익 소리를 내며
하얀 문을 여는 나

작은 돌

많은 꿈을 가진 큰 돌
꿈을 이루기 위해
열심히 땅을 구르는 큰 돌

데굴데굴 구르는 큰 돌

데굴데굴 구르다
큰 바위에 부딪혀 깨진 돌
하지만 더 열심히 구르는 돌

구르다 구르다 끝내 지친 돌
다시 돌아가려 하지만 이미 작아진 돌
이제야 현실을 깨달은 작은 돌

작은 돌은 마치 내 꿈같다.

박유빈

[2학년]

가을풍경

아침에 일어나
엄마와 나들이를 나간다.

빨간 단풍잎
하나둘 떨어지기 시작한다.
하늘에서 비가 내리는 것 같이 나무에서 단풍잎,
은행잎이 떨어진다.

봄은 벚나무를 낳고, 가을은 단풍나무를 낳는다
푸른 낙엽 사이에 빨간 단풍잎, 노란 은행잎
가을 풍경은 진짜 아름답다.
나와 엄마는 가을이 오면 기분이 좋아진다.

내 영원한 친구 고양이

학원 가기 전에 매일 만나는 친구 고양이
나만 보면 쫄쫄쫄 달려오는 내 친구

학교가 끝나면 나를 기다리고
내가 오면 애교 부리는 내 친구

꼭 우리 엄마와 같이 나를 마중 나오는 내 친구
바다만큼 넓은 마음으로 나를 기다려주는 친구

깜깜한 검은 하늘이 되면
맛있는 냄새를 맡고 우리 집으로 오는 내 친구

밥을 먹고 나와 산책하는 내 친구
아침이 되면 같이 학교에 간다.
너는 나의 영원한 친구

박유빈 —

달 토끼

밤에 열심히 일하는 토끼
절구로 곡식들을 열심히 빻는다.
달 토끼는 기계처럼 속도가 빠르다.

토끼는 아기를 낳고 곡식들은 가루를 낳는다
달 토끼는 어두운 밤하늘 보면서 아침을 기다린다.

아침이 되면 달 토끼는 꿈나라로 간다.
달 토끼는 밤이 되면 또 쉴 틈 없이 일하고 아침에는
꿈나라로 간다.
밤과 낮의 시간이 바뀐 달 토끼

마음이 넓은 버스

시간이 되면 우리를 기다리는 버스
우리가 오기까지 버스정류장에 있다
강아지같이 기다리는 버스
벌판만큼 넓은 마음으로 기다리는 버스

버스를 타고 우리가 앉을 때까지 기다리는 버스
좌석에 앉아서 밖을 보는 나
밖을 보면 붉은 노을이 지는 저녁이 깊어오는데
아직도 우리는 버스 안에 있다.
한참을 타고 다른 버스정류장에서 내려
우리가 집에 갈 때까지 기다리는 버스

모래성

사각사각 모래 소리
철썩철썩 파도 소리

우리 집처럼 큰 모래성
나는 열심히 모래를 쌓아서
큰 모래성을 만든다.

모래성을 만들고 보니
어두운 밤이 깊어가고 있다.

솜사탕

푹신푹신한 솜사탕
솜만큼 부드러운 솜사탕
구름같이 푹신한 솜사탕

입에 넣으면 녹는 솜사탕
친구와 나눠 먹으면 맛있는 솜사탕

흰색 솜사탕
분홍색 솜사탕

순식간에 사라지는 솜사탕
누가 먹어도 모르는 솜사탕
엄마가 사준 맛있는 솜사탕

박유빈 —

서주연

(2학년)

나는 / 나만의 별

나의 휴식처 / 슬픈 날

오늘도 바쁨 / 안식처

나는

장미입니다.
다가오는 사람을
찌르고 아프게 하는
장미입니다.

바늘보다 뾰족한
가시를 가진 장미입니다.

따갑습니다.
다가오지 마세요.
상처가 납니다.
다가오지 마세요.

장미입니다.
당신을 아프게 하는
장미입니다.

나만의 별

저 별은 어디를 보고 있을까.
나를 보고 있을까.
다른 곳을 보고 있을까.

저 별은 어디로 떨어질까.
이쪽으로 올까.
저쪽으로 올까.

나는 저기 가장 밝은 별이 좋다.
꽃처럼 예쁜 내 얼굴을 보는 것 같아서
저 별이 좋다.

저 별은 이제
나만 바라보는
나만의 별이다.

서주연 ─

나의 휴식처

푸른 아침 하늘은 공원
상쾌한 아침을 맞이하고
마음 편히 쉴 수 있으니까

까만 밤하늘은 일기장
조용히 생각에 빠지고
비밀을 편하게 말할 수 있으니까

엄마처럼 응원해주는 하늘
아빠처럼 걱정해주는 하늘
하늘은 나를 기쁘게 해준다.

예쁜 하늘

슬픈 날

먹구름이 다가온다.
기분이 안 좋은지
금방 눈물을 흘릴 것 같다.

구슬 같은 빗방울이 뚝뚝
먹구름의 눈물이 떨어진다.
한 방울 두 방울 뚝뚝

시간이 갈수록
더 거세지는 빗줄기
매우 슬픈가 보다.

먹구름의 눈물에
내 마음도 슬퍼진다.

서주연 —

오늘도 바쁨

상자를 든 손
상자를 옮기는 손
영차영차
고마워 손아

연필을 잡고 글을 쓰는 손
책을 펴는 손
사각사각
고마워 손아

숟가락을 잡은 손
젓가락을 잡은 손
냠냠 쩝쩝
고마워 손아

친구의 발표에 박수치는 손
친구를 칭찬하는 손
짝짝짝
고마워 손아

일개미처럼 움직이는 손
오늘도 바쁘게 움직이는 손
핑크빛 예쁜 손
수고했어 손아.

안식처

어두운 밤거리
나를 비춰주는 저 노란 달

계속 나를 따라다니며
나에게 말을 건넨다.
오늘 하루는 어땠는지
우리 엄마처럼 달이 묻는다.

오늘 하루도 좋았어.
오늘 하루도 재밌었어
달이 조용히 내 말을 들어준다.

내 이야기를 다 들은 달이
더 밝은 빛을 내며
미소 짓는다

신아연

{ 3학년 }

가을

겨울에만 할 수 있는 일

복순이 / 봄 / 사랑니의 뜻 / 여름

가을

더운 여름이 지나고
쌀쌀한 가을이 왔다.

푸른색들의 잎들은
알록달록
붉은색들로 물들고

어린아이는 장미꽃잎처럼
바닥에 겹겹이 쌓인
빨간색 단풍잎
주워가기 바쁘다.

겨울에만 할 수 있는 일

가을이 가고 추운 겨울이 오면
내가 꼭 하는 일이 있다.

새하얀 눈이 내리는 창밖을 보며
부드러운 양털처럼 포근한 이불을 덮고

따뜻한 우유를 꿀꺽꿀꺽 마시며
폭신폭신한 호빵을 한 입 베어먹는 일

오직 추운 겨울에만 할 수 있는 일이다.

복순이

솜처럼 하얗던 털은
점점
누렇게 변하고

토끼처럼 깡충깡충 뛰던 발걸음은
점점
거북이같이 터벅터벅 걷는다.

우렁차던 목소리도
점점
작아지고

사료도
점점
안 먹는 날이 많다.

익숙했던 모습들이
점점
낯설게 변해서

많이 무섭다.

봄

추운 겨울이 지나고
따스한 봄이 찾아왔다.

따뜻한 햇살 아래 푸른 잔디들이
새록새록 올라오고

두꺼웠던 옷들을 벗어 던지고
아이들은 말처럼 떼를 지어 뛰어놀기 바쁘다.

긴 잠에서 깬 동물들은
하품하며 고개를 내밀고

알록달록 화려한 색들의 꽃들은
활짝 피며 사람들에
웃음을 주기 바쁘다.

신아연 —

사랑니의 뜻

첫사랑을 시작할 때
누군가 나에게 갑작스레 찾아온 것처럼
하얀 사랑니도 찾아온다.

사랑을 하면서 나 자신도 성장하고
사랑니도 점점 성장하면서
욱씬욱씬 아프다

또한 후유증도 길다.
이별하면 며칠 동안 아프듯이
사랑니도 빼고 나면 며칠 동안은 아프다.

다 잊고 나면 막상 후련하지만 뭔가 허전하듯
사랑니도 빼면 별거 아니지만 허전하다.

이래서 세 번째 큰 어금니는
사랑니가 되었나 보다.

여름

무더운 여름이 왔다.

어린아이는 모래놀이 세트를 들고
푸른 바다로 향했다.

많은 사람이 첨벙첨벙 수영을 하고
어린아이는 새하얀 모래사장에 앉아
모래성 짓기 바쁘다.

하늘처럼 끝도 없이 넓게 펼쳐진 바다
하얀 눈처럼 새하얀 모래사장
푸른 바닷속을 헤엄치는 사람들

어린아이는 여름에 볼 수 있는 풍경들을 보며
모래성을 더 높게 짓는다.

양로규

{ 2학년 }

바다에서 사는 생물

산

여러 가지 모습 나무

바다에서 사는 생물

다양한 생물이 사는
에메랄드 빛 바다

첨벙첨벙 바다에서
춤추는 물고기

평화로운 바닷속 세상
위험한 상어

흐느적흐느적
바닷속 나무 해초

다양한
에메랄드 빛 바다

산

산은
동물들의 식당

산은
초록 나무들의 보금자리

산은
돌들의 쉼터

많은 것을
보살피는 산

엄마만큼
위대한 산

여러 가지 모습 나무

계절마다 모습이
다른 나무

봄에는 핑크색
꽃으로 핀 벚나무

가을에는 빨간색으로
물든 단풍나무

겨울에는 눈이
쌓인 나무

나무는 계절마다
옷을 갈아입는다.

양지선

{ 3학년 }

너처럼 / 내가 싫어하는

바람 / 비 / 우리 아연이는 / 좋은 냄새

너처럼

너는 달이다
항상 같은 모습을 하고 있는
달

너는 달이다
크레이터가 보여도
밝게 웃는
달

너는 달이다
둥글둥글한
달

둥글둥글한 얼굴을 가지고 있는
네가

너는 달이다
지구를 중심으로 공전하는
달

내 주위에 있어 주는 네
네가

너는 달이다
토끼가 방아 찧는
상상을 하게 하는
달

나를 초딩으로 만드는
네가

내가 싫어하는

밤에 불을 켜면
불이 좋다고 들어오는 벌레

여름에 날갯짓을 하며
나를 짜증 나게 만들고

윙윙거리면서
알림처럼
잠자는 나를 깨우는
벌레

작은 흰 날개를 가지고
내 주변을 도는
벌레

바람

너는 나를
포근하게 안아주고

선풍기처럼
나를 시원하게 해주지만

칼처럼
날카롭게
나에게 인사해주는
너는

너는 나를
친구처럼
편안하게 해주지만

잘 정돈된 머리를
헤집어누고

무서운 소리를 내며
나를 겁나게 하는

좋으면서 나쁜 존재

양지선 —

비

놀라지 않게
어두운 먹구름으로
미리 알려주며

너무 기뻐하면
음악처럼
네가 나를 차분하게 해주지만

흙탕물을 만들어
내 신발을 더럽게 하고

찝찝하게 만들어
나를 짜증 나게 하는
너

네가 지나고 나서
나쁜 일 뒤에 좋은 일이 오듯

어느 때보다
더 날씨를 좋게 만들어
나를 기쁘게 해주는
너

우리 아연이는

스킨십을 좋아하는
나의 친구

발라드를 좋아하여
발라드를 자주 듣고

폴짝폴짝 뛰어다니는
나의 친구

중단발에
자연 갈색 머리를 가지고 있는

강아지처럼 활발하고
미술을 잘하는
나의 친구
아연

좋은 냄새

침대처럼 포근하고
바람이 춤을 추듯
시원한 향기

장미가 화를 내듯
날카로운 향기

인형이 노래를 부르듯 편안하고
핫초코를 먹듯
따뜻한 향기

가족들 품처럼 포근하고
찬비가 내리듯
시원한 향기

고양이가 신경질을 내듯
날카로운 느낌

친구와 얘기하듯 편안하고
안아주 듯 따뜻한

그런 향기

양희수

{ 2학년 }

길고양이

바다 같은 책

버스 창가

길고양이

고양이가 날 보고
놀라서 자동차 아래로
도망 가버린다.

놀라서 벌벌 떨고 있는 고양이
야옹야옹 울면서 떨고 있는 고양이

가방에서 츄르를 꺼냈더니
다가오는 고양이
츄르를 맛있게 먹고 있는 고양이

노을이 지자
고양이는 가야 할 대가 있는지
급히 고맙다고 인사하고 가버렸다.

바다 같은 책

책은 지식을 준다.
내가 모르는 것들을 알려준다.

책은 지혜롭게 해준다.
나에게 도덕적인 것을 알려준다.

책은 나를 상상의 세계로
데려 가준다.

책은 어휘력을 상승시켜 준다.
책은 재밌다.

나에게 많은 것들을 주는
책은 푸른 바다 같다.

양희수 —

버스 창가

버스를 기다린다.
버스가 오고 버스를 타고 교통카드를 찍고
좌석에 앉아서
창가를 바라보고 지친 몸을 기대자

자동차와 주택가가 보인다.
노을이 지자
버스 안이 조용해졌다.

그저 버스 밖에서 들리는
자동차들이 소리치면서
빵 빵 거리는
경적 소리일 뿐

이승미

{ 3학년 }

라일락 / 문 앞 / 일기

장마 / 조명 / 중간고사

라일락

너처럼
있는 그대로의 모습도 예쁘지만
꽃말처럼 마음까지 예쁘지

너처럼
많은 사람 사이에서도
유독 눈에 띄게 되는 연보라색 꽃

너처럼
꽃이 피기 전까지 많은 노력과
고달픔을 겪어봤겠지

겨울이 지나 봄이 오는 것처럼
힘듦이 지나 행복이 오는 것처럼

언젠가 너의 꿈을 피울
기회가 있을 테니

너무 성급하지 말고
너무 조급해하지 말고

문 앞

한 걸음만 나아가면
내가 원하던 곳

한 걸음만 물러서면
내가 원하지 않던 곳

살금살금 걸어가 볼까,
터벅터벅 걸어가 볼까,
쿵쾅쿵쾅 걸어가 볼까.

똑똑똑 하얀 문을 두드리고
문을 활짝 열면
집처럼 포근한 내가 원하던 곳

이송미 —

일기

책상 앞 거울이
나에게 물었다
오늘 하루 어땠는지

오늘 하루도
나의 사소한
일상 하나하나를
돌이켜본다.

아침에 일어나
등교할 때
푸른 하늘을 본 것부터

학원 끝나고
저벅저벅 집에 들어와
해야할 일을
모두 끝낼 때까지

나를 돌이켜보고
나를 달래는 과정

하얀 종이에
연필로 사각사각
나의 이야기를 담는다

장마

어두운 구름이 몰려와
소나기가 내렸다.

너를 처음 만난 너의 모습은
너의 우는 모습이었다.

소나기처럼 눈물이
주룩주룩
그치지 않을 것 같았다.

많이 힘들었는지
많이 지쳤었는지

너의 눈물은
하루하루 지나도 그치지 않았다.

나는 나의 마음을 모른 채
그칠 동안 기다릴 뿐이었다.

조명

가끔은 달콤한 분위기를 만들고
가끔은 차가운 분위기를 만들고
가끔은 따뜻한 분위기를 만들고
가끔은 신나는 분위기를 만들고

나의 조명은 따뜻한 분위기를 가진
누구에게나 사랑받는 존재
그 빛은 엄마처럼 포근하고 따뜻한 존재
나의 말을 기다리는 듯 아무 말 없이
조용하고 나를 기다려주고 반겨주는 나의 인형처럼

그 빛은 나를 포근하게 감싸 안았지만
뒤에는 어두운 그림자처럼
어두컴컴한 가면처럼

이송미 —

중간고사

작년보다는 훨씬 많이 노력한 첫 시험
나도 전교 1등처럼 부모님께 떳떳하게 말하고
자랑스러운 첫째 딸이 되고픈 마음에
시작한 중간고사 준비

하루하루 지나갈 때마다
시간은 물 흐르듯 지나간 것 같았고
잠도 설치고 눈을 제대로 뜨지 않고
학교에 갔었던 나의 중간고사 준비

시험 당일은 맑고 푸른 하늘과
신선한 바람이 나를 감싸 안아
위로해주듯 설레고 들뜬 내 마음

모든 시험이 마치고 부모님은
'끝난 게 아니라 이제 시작이야'라는
응원해주시고는
방에 사뿐사뿐 들어가셨다.

이송은

(1학년)

4·3을 기억해다오
겨울 / 맥주 / 푸른 바다
하늘 / 해바라기

4·3을 기억해다오

'타당타당'
어디에서나 들리는 총소리
제주도는 이미 피바다로 스며들었다.

그때 들리는 아이들의 울음소리

'얼마나 무서웠을까?'
한 참 뒤 검은 연기가 피어올랐다

총 한방에 들리는 비명 소리
'이제는 우리 제주도도 끝이 났구나.'

난 아직 기다리고 있어.
아이들의 웃음소리를

제주도 하면 4·3,
4·3을 기억해다오.

겨울

나는 겨울만 기다립니다.
새하얀 너를 만난 건
눈이 내릴 때 눈보다 예쁜 여자를 만났습니다.

나는 눈이 오길 기다립니다.
그럼 당신이 나를 찾아올까.
날짜를 꼬박꼬박 기다립니다.

서벅서벅 눈 위를 걷는 나
그대는 내가 안 보고 싶군요.
나는 그 채로 깊은 잠이 듭니다.

나는 새해 겨울을 기다립니다.

이송은 —

맥주

가만히 있어도 엄마에게
사랑받는 '맥주'

다음 생에는 맥주로 태어나
엄마 사랑을 독차지해야지.

치-익 하면서 행복한 얼굴로
시원한 맥주를 먹고 있는 우리 엄마

가끔 엄마가 맥주를 안 먹을 때
갱년기가 왔나, 생각이 드네

소주보다 맥주가 더 좋다는 우리 엄마
맥주가 무슨 맛인지 나는 모르겠다.

푸른 바다

푸른 바닷속에는 무엇이 있을까.
바다에 비치는 내 얼굴

손 뻗어도 바다 끝까지 잡을 수 없는
푸른 바다 전체를 내 마음에 품고 살고 싶다.

푸른 바다는 내 친구
내 마음처럼 넓은 푸른 바다
이제는 푸른 바다를 내 마음속에 품고 산다.

이송은 —

하늘

하늘이 웃어요
내 얼굴도 웃어요

하늘이 울어요
내 마음도 울어요

푸른 하늘, 어두운 하늘에 따라 기분이 있는 걸까?

푸른 하늘이 웃으면 나도 웃게 되고,
어두운 하늘이 울면 나도 울게 돼요

하늘은 내 기분 친구
하늘은 내 친구같이 내 옆에 있어 줘요.

해바라기

나만 바라봐주겠다는 너
이제는 바라봐주지도 않네.

차갑게 등 돌린 너의 모습에
내 마음도 점점 얼어버렸네.

해처럼 나만 바라봐주는 네가
이젠 없으니

내 마음속은 호수처럼 가득 차 있었다.
주룩주룩 내 얼굴에는 차가운 눈물이 흐르고 있네.

이운혁

{ 1학년 }

나무 / 식구 / 하늘

나무

나무뿌리에서 영양이 오네
영양이 오르고 올라가
잎까지 올라가네
나무 영양을 먹고 성장하네
갈색 초록 나무 있네
가족처럼 옹기종기 모여있네

식구

옹기종기 모여서 밥을 먹네
얘기하고 얘기하네

다시 평범하게 반복되는
일상으로 돌아가네

여러 명 모이면
무지개 같은 가족

행복하게 같이 사는 가족
강아지도 멍멍 같이 사네

하늘

하늘은 움직인다.
구름은 날아간다.

아침에는 해가 뜨고
밤에는 달이 오고 별도 같이 온다.

검은 하늘 하얀색 달
달이 떴네
강아지도 월월 짖네.

아침에는 꽃이 피고
저녁 되면 꽃도 같이 지네.

이준호

{ 3학년 }

나의 교사 / 나의 친구이자 선배

도서관 / 와이파이

지우개 / 힘든 위치

나의 고산

고산
작은 마을
크진 않지만
마술사처럼
엄청난 매력을 지니고 있다

여러 감정이 돌아다녀
더욱 더 매력을 느낀다.

바람 소리를 들려줄 땐
행복하고
비를 내리면
삐진 아이마냥
짜증 내고

이러한
고산의 매력에
내 삶은
기쁘다

나의 친구이자 선배

국어는 나의 친구이자 선배
국어는 친구처럼 쉬운 문제를 내주고
선배처럼 어려운 문제를 내주며
나와 같이 놀아 준다.

국어는 토라진 아기
시험이라는 투정을 부린다.

내가 국어를
한 페이지 한 페이지
자세히 봐주면
국어의 마음이 조금이라도
풀린 듯 국어는
삐쭉 나온
빨간 입술을 들여봐
투정을 덜 부린다.

이준호 —

도서관

도서관은 내 친구이다
도서관은 내가 기분이 좋을 때, 슬플 때, 화날 때
나를 찾아와 자주 놀아 준다.
도서관은 도서관 크기처럼 마음이 넓다.
내가 보고 싶은 책이 있으면
망설이지 않고 빌려주고
내가 심심할 때 찾아와
책을 속닥속닥 읽어주며
도서관은 역시 내 친구이다.

와이파이

와이파이는 다재다능한 내 친구처럼
나에게 많이 도움이 된다.
와이파이 머리는 크고 신기하게 생겼다.
네모난 머리에 되게 많은 정보가 있다.
그래서 그런 머리로 많은 사람을 도와준다.
그중 한 명이 나다.
하지만 와이파이와 나는 많이 특별한 사이이다.
와이파이가 없으면 많이 불편해
빨리 찾아 쓰는 특별한 친구 사이이다.

이준호 —

지우개

지우개는 엄마처럼 나의 실수를 잘 알아준다.
맞춤법을 틀릴 때, 띄어쓰기를 틀렸을 때
많은 실수를 하더라도 혼내지 않고
아무 말도 없이 내가 실수 한 부분을 지워준다.
그럴 때마다 너무 달콤하다.
하지만 쓸 때도 있다
너무 오래되면 잘 지워지지 않는다
그럴 때는 기분전환도 할 겸 지우개를 바꾼다.
버려진 지우개는 엉엉 울고 새로운 지우개는 하하 호호 웃어
지우개를 바꾸면 두 가지의 감정이 돌아다닌다.

힘든 위치

아버지 힘든 위치에 서 계신다.
아버지는 우리 가족의 평화를 위해
노예처럼 몸이 부서지도록 일을 하신다.

아버지가 쉬는 날
파스를 붙인다.

나는 슬프다.
아버지의 냄새조차 슬프다.
늦게 들어와 씻지도 못해 나는 냄새
우리를 위해 항상 달려가는 냄새
슬프지만 자랑스럽다.

이준호 —

이하늘

{ 3학년 }

가장 좋아하는 사람

다섯 명 / 도서관 / 사촌 동생

솜사탕 / 타요

가장 좋아하는 사람

88세 우리 할머니

저 하늘에 둥실둥실 떠 있는
구름처럼 흰 머리를 가지신 우리 할머니

항상 다정하시고, 친절하신
우리 할머니

때때론 도깨비처럼 무서워지지만
내가 제일 좋아하는 우리 할머니

거친 손으로
나를 쓰다듬어 주시는 우리 할머니

엄마보다 할머니가 더 좋아

다섯 명

가끔은 무섭고
그림을 제일 잘 그리는
내 친구

강아지처럼 활발하고
겁 없이 아무한테나
덤비는
내 친구

공부도 잘하고
겁도 많고
토끼처럼 부드러운
머리카락을 가진
내 친구

인기가 많고
제일 활발한
제일 오래된
내 친구

뽀글뽀글한 머리카락을
가지고 있고
낯가림이 심한
내 친구

이하늘 ―

도서관

알록달록 여러 책이 모여있는 곳
좌르륵 책 넘기는 소리만 들려오는 곳

책 읽으러 온 사람, 공부하러 온 사람
오랫동안 있어서 낡은 책
방금 온 듯 새로운 책
여러 사람과 책들이 모여있는 곳

책을 읽다가 잠들어 버릴 듯
포근한 곳

집중하기도 좋지만
잠을 자기도 좋은 곳

기다려, 조만간 널 만나러 갈게

사촌 동생

동글동글한 얼굴
부드러운 머리카락

똘망똘망한 눈
앵두 같은 입술

깨어있을 땐
꼬마 악마가 되고

자고 있을 땐
꼬마 천사가 되는

나의 소중한 가족

우리 집에 또 놀러 와.
같이 놀자

이하늘 ―

솜사탕

알록달록
폭신폭신한,
초콜릿처럼 달콤한
구름

자동차, 꽃, 사과
여러 모습으로 변하는
구름

놀이동산 가서 먹고
축제에 가서 먹고
가끔은 나도 모르게
먹고 싶은
마약 같은 구름

타요

뻘간 버스
파란 버스
초록 버스

부릉부릉 소리를 내며

많은 사람이
원하는 목적지까지
데려다주는 버스

돌길에선 덜컹덜컹
춤을 추고
아스팔트 길에선
부드럽게 지나가고

내가 원하는 곳까지
데려다주는 버스

이하늘 —

하주안

{ 2학년 }

강아지

내 오른손

부자 산

강아지

나랑 가장 자주 보는 친구
나랑 가장 비슷한 친구
많이 먹고, 많이 자고, 노는 것까지 비슷한 내 친구

널 보면 즐겁고, 널 보면 재밌어
너 없으면 마음이 허전해
너 없는 집은 집도 아니야.
날 보면 오랜만에 본 가족같이
나를 반겨주는 너는 내 친구야

자주 보지만 같이 놀지 못해 미안해
주말마다 시간을 내볼게
간식도 못 줘서 미안해
돈이 없어서 그래…….
그래도 나만큼 너 잘 챙기는 사람 없다.

내 오른손

어쩌다 이렇게 힘쓰기도 힘들게 됐는지
너무 힘들게 해서 미안해
어쩌다 내 몸에서 가장 더러운 부위가 됐는지
너무 더럽게 만들어서 미안해

나는 너 없으면 아무것도 할 수 없어
네가 있어야지만 맛있는 것도 먹을 수 있고
네가 있어야지 이런 시도 쓸 수 있어.
농구도 축구도 야구도 네가 없으면 할 수 없어
파란 하늘의 태양처럼 내 옆에 있어 줘서 고마워
내일도 모래도 내 옆에 있어 줘.

하주안 —

부자 산

너는 좋겠다. 가진 게 많아서
나무도 있고 꽃도 있고 동물도 있네

나 좀 준다고?
그러면 터널 좀 만들고 종이 만들게
나무 좀 주라 그리고 골프장도 만들어야
하니까 머리도 깎자

이렇게 많이 가져갈 생각은 없었는데
초록색 머리가 흙으로 변해버렸네
만수르처럼 많은 것을 준 너는 부자구나

함예준

{ 2학년 }

구름은 어디로 흘러갈까

나무 같은 나 / 시계일까, 시간일까?

지구는 돈다

구름은 어디로 흘러갈까

도화지처럼 하얀 구름은 어디로 흘러갈까?
왼쪽 하늘에 있다가
오른쪽 하늘에 있다가

그림자보다 어두운 먹구름은 언제 언제 사라질까?
어떨 때는 잠깐 보였다가
어떨 때는 길게 보였다가

주황 구름은 어디서 나타날까?
아침에는 없었다가
저녁에는 있었다가

형형색색 구름은 어디로 흘러갈까?

나무 같은 나

바람에 흔들리는 나무처럼
이리저리 흔들리는 내 마음

계절마다 바뀌는 나뭇잎은
해마다 바뀌는 내 모습

해마다 나무에 생기는 나이테는
나이가 늘수록 늘어나는 몸무게

나무에 열리는 열매는
빨간색으로 '100점'이라고 쓰여 있는 내 시험지

나 같은 나무
나무 같은 나

시계일까, 시간일까?

시험시간, 날카로운 시계 소리
째깍째깍 초침 소리
초침이 움직일 때마다 흐르는 시간
시계가 돌아가는 걸까?

어느 정도 시간이 흘렀는지 알 수 없는 디지털시계
잠시 후 확인하면 바뀌어 있는
디지털시계의 시침, 분침, 초침
시간이 흐르는 걸까?

시계가 돌아가는 걸까, 시간이 흐르는 걸까?
시계일까, 시간일까?

벽시계가 멈췄다, 디지털시계가 꺼졌다.
시계가 멈췄다, 시간도 멈춘 걸까?

지구는 돈다

지구가 자전한다.
시계 바늘처럼 쉴 새 없이 돈다.
지구가 공전한다.
푸른 지구가 붉은 태양 주위를 돈다.

안 들린다.
지구가 도는 소리
볼 수 없다.
지구가 도는 모습

그러나 지구는 돈다.
계속 쉬지 않고 돈다.

함예준 —

현채원

{ 2학년 }

그 별 / 그 아이 / 그 아이들

포근포근한 이불

會者定離 去者必返

그 별

밤에는
달보다 눈에 띄는
존재감에 보게 되는 그 별

아침에는 태양에 가려져
볼 수는 없지만
한결같이 그 자리를 지키고 있는
그 별

그 별은 운다
자신을 기억하는 사람이
별로 없어서

그 아이

밤에 지붕에 앉아
별을 보는 너

무슨 별을 보고 있을까.
궁금하지만

물어보러 가려 해도
그 아이는 여기 있지만 없다.

어두운 밤에
혼자 앉아있는 너는

무서워하고 있지는 않을까.
걱정되지만

물어보러 다가가려 해도
그 아이는 여기 있지만 없다.

비록 너는 여기 없지만
내 안에서는 저 별만큼 커다랗게 빛난다.

현채원 —

그 아이들

그 아이들은 저를 보고 있습니다.

보라 아이
흰색 아이
파랑 아이
노랑 아이
분홍 아이

다양한 색을 가지고 있는
그 아이들은 저를 쳐다보고 있습니다.

보라 아이는
겸손과 성실, 사랑을 좋아하고

흰색 아이는
천진난만한 사랑과 순진한 사람, 순결을 사랑합니다.

파랑 아이는
사랑을 좋아하고

노랑 아이는
시골의 행복과 작은 기쁨을 사랑합니다.

분홍 아이는
희망을 좋아하는 아이입니다.

그 아이들은 제비꽃입니다.

포근포근한 이불

포근하고
덮으면 따뜻한 이불

이불을
끝까지 덮으면
이불에 체온이 있듯

엄마 품처럼 포근하면서
따뜻해서 금세 노곤해진다.

밤마다 덮어 자는 이불
이런 이불은
나의 수면을 돕는다.

會者定離 去者必返

그분은 저에게 친절하셨습니다.
그분은 저에게 아낌없이 주셨습니다.

그분은 이제 보이지 않습니다.
그분은 이제 만질 수 없습니다.

그분은 저에게 지식을 주셨습니다.
그분은 저를 꼭 안아주셨습니다.

그분은 어딨나요?

태양같이 따스한 손길을
이제 느낄 수 없습니다.

사람은 만나면
언젠가 헤어지기 마련이고
간 사람은 반드시
돌아올 것이라는 말이 있으니
저는 그분을 기다리겠습니다.

그분은 저의 할아버지입니다.

현채원 —

김상윤
〔2학년〕

김시원
〔1학년〕

구름의 성격 (김상윤)

산 (김시원)

구름의 성격

김상윤

맑은 날 푸른 하늘을 보면
다양한 모양과 색의 구름이 있다
솜사탕 모양, 나뭇잎 모양, 달 모양

그러다 생각한다.
구름이 모양이 다양하구나.

그것이 마치
사람의 모습 같다.

구름이 하얗게 맑을 때면 순수한 마음 같고
구름이 비를 내릴 때면
눈물을 흘리듯 보이고
어딘가에 숨으면
부끄러워 보인다.

산

김시원

아늑하고 포근한 우리 집 같은 산

엄마의 자장가처럼
새들의 짹짹 소리

아빠의 웃음소리처럼
계곡의 시냇물 소리

동생의 울음소리처럼
바람이 불어오는 소리

윗집이 쿵쿵거리는 소리처럼
비가 오면 천둥소리

산은 우리 집이랑 아주 많이 닮았다.

편집 후기

편집후기

장 훈

아이들이 시를 쓴다는 것은 고역이다.

아이들이야 고역이든 말든 수행평가라는 이름으로 강제 집행이다. 내 몸속 어딘가에 아이들 괴롭히기 좋아하는 악마가 도사리고 있어, 시 쓰기 수업을 지시하고 있음이 분명하다.

작년에 『그 어떤 길을 가더라도』를 펴냈을 때는 KBS TV 저녁 뉴스에 소개되었다. JIBS TV와 라디오에서는 한 프로그램의 반 정도 분량으로 출연하기도 했다. 지금도 동영상이 ○튜브에 가면 볼 수 있다. JIBS TV에서

촬영하러 우리 학교에 왔을 때 자율 동아리 '나도 시인' 아이들은 신이 났다. 방송국에서 간단하게나마 출판기념회를 열어주었다. 올해도 그런 호사를 누릴 수 있으려나?

이제 2·3학년 아이들은 시를 쓰는 게 더는 어려워하지 않는다. 고역이기는 하지만.

나는 몇 가지 기준을 제시하고 기다리기만 하면 된다, 내가 쓰는 것이 아니므로. 아이들 대부분이 수사법을 이해하고 있다. 수사법 두 가지 이상 사용하고, 감각적 심상 하나를 꼭 넣으라고 하면 내가 할 일은 기다림 뿐이다. 수사법과 감각적 심상을 제대로 사용했는지만 보면 된다.

아이들은 부지런히 쓴다. 활동지를 작성해서 가져오면 읽어보고 점검해 준다. 부족하다는 말에 아이들은 실망하고 돌아선다. '통과!'를 들으면 아이들은 기뻐 펄쩍펄쩍 뛴다. 내 속 악마는 불만이겠지만, 그런 모습들이 그저 흐뭇할 뿐이다.

206편의 시를 모아『꽃의 작별 인사』를 출판하게 되었다. 이렇게 아이들은 또 하나의 작품집을 가슴에 품게 되었다. 먼 훗날 이 작품집을 다시 들여다볼 때 아이들 마음은 어떨까?

나도 슬쩍 시 한 편 얹어본다.

적막에도 소리가 있다

뒤척이다 깬,
고요하기만 할 것 같은
두 시

곁에 누운 강아지 숨소리
냉장고 돌아가는 소리
아내가 갖다 놓은 주방의 시계 소리

고쳐야지, 고쳐야지 하면서 아직도 고치지 못한
수도꼭지 물방울 떨어지는 소리

위이이이이이잉
지이이이이이잉
지독한 이명

그 속에서 들리는 듯
귀에 익은 사내 아이의
애타는 소리
아빠아아
아빠아아

신축년 가을

꽃의 작별 인사

2021년 12월 20일 초판 1쇄 발행

지은이   김지윤 부민정 임소율 정진솔 최주희(나도 시인)
         강명관 강은솔 강지웅 강휘민 고태규 고현서
         김 건 김난영 김민경 김민우 김상윤 김시원
         김현승 노현우 문필립 박민수 박유빈 서주연
         신아연 양도규 양지선 양회수 이송미 이송은
         이은혁 이준호 이하늘 하주안 함예준 현채원
편집   장 훈
펴낸곳   한그루
         출판등록 제651000025100200800003호
         제주특별자치도 제주시 복지로1길 21
         전화 064-723-7580   전송 064-753-7580
         전자우편 onetreebook@daum.net 누리방 onetreebook.com

ISBN 979-11-90482-97-4 43810
© 장훈, 2021

값 14,000원